AF456190

DISCOURS
PRONONCÉS
DANS L'ACADÉMIE FRANÇOISE,

Le Jeudi IV Mars M. DCC. LXXIX,

A LA RÉCEPTION

DE M. DUCIS, SEC. ORD. DE MONSIEUR.

A PARIS,

Chez DEMONVILLE, Imprimeur-Libraire de l'Académie Françoise, rue S. Severin, aux Armes de Dombes.

M. DCC. LXXIX.

M. DUCIS, Secrétaire ordinaire de MONSIEUR, ayant été élu par Messieurs de l'Académie Françoise, à la place de M. de VOLTAIRE, y vint prendre séance le Jeudi 4 Mars 1779, & prononça le Discours qui suit.

MESSIEURS,

IL est des grands Hommes à qui l'on succède, & que personne ne remplace. Leurs titres sont un héritage qui peut appartenir à tout le monde; leurs talens, qui ont étonné l'Univers, ne sont qu'à eux. C'est à la suite des siècles, seule, à remplir le vuide immense qu'ils ont laissé. Ainsi pensa autrefois un Peuple guerrier qui, mené long-temps à la victoire par un Général fameux, après la mort de ce Héros, laissoit toujours sa place vuide au milieu des batailles, comme si son ombre l'occupoit encore, & que personne n'eût été digne d'y commander après lui. Si, à la mort de M. de Voltaire, MESSIEURS, vous eussiez imité cet exemple, avec quel respect la Postérité n'eût-elle pas vu le siége où ce grand Homme s'étoit assis dans vos Assemblées, demeurant vuide à jamais & sans être rempli? Cette distinction, unique jusqu'à présent, eût été peut-être le seul hommage digne d'un homme unique aussi par ses talens & son génie. Vos lois ne vous ont pas permis de lui rendre cet honneur; & l'indulgence du Public pour un Ouvrage où peut-être quelques beautés antiques ont fait pardonner les défauts, ont fixé ſur moi vos ſuffrages long-temps ſuſpendus. Ici, MESSIEURS, je n'ai pas beſoin de vous parler de ma reconnoiſſance; il me ſeroit plus facile de vous exprimer mon étonnement. Si quelque choſe peut m'élever au-deſſus de moi-même, c'eſt cette faveur à laquelle oſoient à peine atteindre mes eſpérances. Le caractère de la gloire (qui le ſait mieux que vous, MESSIEURS?) eſt de donner de nouvelles forces à celui qui l'obtient, pour en mériter une nouvelle. C'eſt en m'éclairant par vos conſeils, c'eſt en juſtifiant votre choix par mes travaux, que je puis vous remercier d'une manière digne de vous, & ma vie entière ſera conſacrée à ce remercîment. Mais mon premier devoir eſt de me taire ſur moi-même, pour ne vous parler que du grand Homme que vous avez perdu. En lui ſuccédant, je n'ai pas même le droit d'être modeſte; & je dois diſparoître tout entier à vos yeux, pour ne vous occuper que de votre admiration & de vos regrets.

La voix qui s'élève ici pour lui rendre hommage lui fut inconnue. Jamais je ne vis cet Homme célèbre, & je ne communiquai avec ſon génie que par ſes Ouvrages. Ainſi, de ſon vivant, il a été pour moi ce que ſont tous les grands Hommes qui depuis pluſieurs ſiècles ne ſont plus; & je le louerai en votre préſence, comme le louera un jour la Poſtérité, ſans intérêt & ſans paſſion.

M. de Voltaire, dans cet Ouvrage ſi connu, où il a peint à grands traits & d'un ſtyle rapide le ſiècle de Louis XIV, après avoir parcouru la chaîne des événemens politiques, tracé les progrès de l'eſprit humain, & deſſiné le portrait de tant d'Hommes célèbres, qui tous par leur génie ont imprimé un caractère de grandeur à leur ſiècle, & conſacré la gloire du Monarque par celle de ſa Nation; termine ce magnifique tableau par ces paroles : » *A-peu-» près vers le temps de la mort de Louis XIV, la Nature ſembla ſe repo-» ſer* ». Il ſe trompoit, MESSIEURS; & ce grand Homme, qui écrivit toujours avec tant de modeſtie de lui-même, ſembloit oublier que ce temps-là fut l'époque de ſa naiſſance & de ſon éducation. La

Nature en effet parut l'avoir placé, pour ainſi dire, aux confins des deux ſiècles, pour recueillir l'héritage de l'un, & donner ſon caractère & ſon génie à l'autre. On peut dire qu'il eut pour Inſtituteur & pour Maître le ſiècle brillant dont il vit la fin. La plus puiſſante des éducations pour les hommes qui en ſont dignes, c'eſt celle de la gloire. Tout ce qui entouroit M. de Voltaire, au ſortir de l'enfance, réveilloit en lui cette idée. Il voyoit la gloire aſſiſe depuis cinquante ans ſur le Trône ; il la voyoit à la Cour, dans les Camps, dans les Académies. La gloire enfin, quoiqu'un peu obſcurcie vers les derniers jours de ce Règne fameux, couvroit encore de ſon éclat toute la Nation Françoiſe, qui pendant un demi-ſiècle avoit eu dans l'Europe la ſupériorité du Génie comme des Armes, & pouvoit compter comme un hommage de plus la haine même qu'elle inſpiroit à ſes rivaux. De tant d'Ecrivains qui s'étoient rendus célèbres, les uns vivoient encore au moment où il ſortit du berceau, & où l'activité précoce de cette ame ardente put jeter ſes premiers regards autour d'elle ; les autres, deſcendus depuis peu dans la tombe, avoient laiſſé autour de lui l'empreinte encore récente de leurs ſuccès, & comme la tradition de leur génie. Il put interroger tous ceux qui avoient vécu & converſé avec eux, & puiſer dans leurs diſcours un enthouſiaſme d'autant plus vif que les amis des grands Hommes qui ne ſont plus, en conſervant pour leur mémoire cette ſenſibilité touchante que l'amitié inſpire, y mêlent déjà ce reſpect religieux de la Poſtérité pour de grands noms que la mort a, pour ainſi dire, rendus ſacrés. Enfin, le Génie & les Lettres ſe préſentèrent à lui environnés de toute la gloire qu'avoit répandu ſur elles un ſiècle à jamais mémorable, où elles étoient admiſes dans la familiarité de Colbert, du grand Condé, des Contis, des Vendômes, du Duc de Bourgogne, & où l'on voyoit Louis XIV converſer avec Deſpréaux & Racine, comme avec Turenne, Catinat & Luxembourg.

On peut juger de l'impreſſion que ce tableau de grandeur & de gloire devoit faire ſur l'ame jeune & paſſionnée de M. de Voltaire.

Il ſe livra donc aux Lettres avec cette impétuoſité que lui donnoient ſon génie, ſon caractère & ſon âge. En vain l'intérêt, la fortune, le pouvoir même le plus absolu s'unirent pour le détourner de sa route. La Nature avoit fixé d'une manière irrévocable, que M. de Voltaire seroit Poëte, que Racine auroit un successeur, & la France un grand Homme de plus. A vingt-quatre ans, il osa former une de ces entreprises pour laquelle peut-être alors il falloit autant de hardiesse que de génie; celle de donner un Poëme épique à la Nation. On sait que la première moitié du siècle de Louis XIV avoit vu naître & mourir un grand nombre d'Ouvrages de ce genre. Comme l'histoire des Etats, à l'époque des révolutions & des changemens, offre beaucoup d'exemples de projets avortés, de grands desseins mal conçus, & d'une audace impuissante & malheureuse; de même dans l'histoire des Arts, il semble qu'à l'époque où la Poësie & les Lettres commencent à refleurir, cette première fermentation des talens excite dans les esprits une sorte de témérité inquiète, qui porte à former des plans vastes & à concevoir de grands projets, parce que tout le monde alors est dévoré de l'amour de la gloire, & que personne encore n'a eu le temps de mesurer ses forces. Tous ces Ouvrages, fruits de l'ambition bien plus que du talent, précipités d'une chûte commune, étoient tombés les uns sur les autres; & ne devoient qu'au ridicule le triste honneur d'être échappés à un oubli éternel. Cependant il s'étoit établi une sorte de préjugé dans l'Europe, que la Poësie épique étoit interdite aux François. Le Législateur du goût & de la langue, le sévère & redoutable Despréaux, sembloit avoir lui-même confirmé ce préjugé par son exemple comme par ses préceptes, en avertissant des *disgrâces tragiques des grands vers*; en renfermant le tableau épique du passage du Rhin dans un cadre de vers familiers & presque plaisans, qui le précèdent & qui le suivent. Enfin, le chef d'œuvre inimitable du Lutrin, où ce grand Poëte change continuellement de ton pour amuser son Lecteur, où il paroît lui-même se moquer de la magnificence du style, en l'appliquant à des idées comiques ou familières, & où l'élévation même de la Poësie n'est presque jamais qu'une plaisanterie de plus, sembloit avoir accrédité pour toujours ces idées dans la Nation.

M. de Voltaire étoit dans cet âge heureux où tout ce qui est grand frappe puissamment l'imagination, où la passion de la gloire ne mesure rien & franchit tout, où le génie, comme la valeur, s'absout de sa témérité par ses succès. Mais comme il étoit conduit en même temps par cette lumière supérieure, & par cet esprit fin & pénétrant qui est toujours le guide invisible du génie, il ne négligea rien de ce qui pouvoit réconcilier la Nation avec ce nouveau genre, si souvent essayé & toujours proscrit. Le choix du sujet & du Héros flatta la vanité nationale; la rapidité du style se trouva d'accord avec la vivacité Françoise. L'usage tempéré, & le choix même du merveilleux, qui laissoit toujours entrevoir une vérité sous une fiction, rassura notre raison un peu timide, que le nom seul de merveilleux effraie. Enfin les grandes beautés philosophiques & morales substituées à ces tableaux de la Nature qui caractérisent les Poëmes des Anciens, parurent s'accorder avec le goût d'un Peuple peu frappé de la nature physique, & qui, après avoir joui pendant un siècle des Arts d'imagination, commençoit, par une pente naturelle, à rechercher davantage le mérite des idées. On avoit vu la même révolution dans Rome, après le siècle brillant d'Auguste, si semblable en tout à celui de Louis XIV; & ce fut, comme on sait, à cette seconde époque de la Littérature Romaine, que le Génie ardent & fier qui, à vingt-sept ans, avoit conçu & créé la Pharsale, remplaça dans l'Epopée les beautés pittoresques de Virgile, par ces beautés fortes & hardies que l'Eloquence & la Philosophie inspirent. Ainsi la même marche du génie & du goût fit naître à Paris & dans Rome deux Poëmes fondés à-peu-près sur les mêmes principes; mais c'est peut-être tout ce qu'ils eurent de commun.

La Pharsale offre l'idée de quelque monument d'Architecture antique, qui, dans le second siècle des Arts, auroit été dessiné d'une manière à la fois irrégulière & grande; où certaines parties étonneroient par leur caractère de majesté, tandis que d'autres ne présenteroient à l'œil que de la confusion & des ruines; où les plus belles colonnes seroient couvertes de mousse, & quelquefois à demi ensevelies dans le sable; où l'on retrouveroit de distance en distance des statues de grands Hommes, dont les traits auroient l'expression la plus fière, mais mutilées ou imparfaites dans leur ensemble; où tout enfin atteſtant l'imperfection & le génie, le Spectateur attiré tout-à-la fois & repouſſé, éprouveroit preſque en même temps le plaiſir, la douleur, l'admiration & le regret. La Henriade, au contraire, peut ſe comparer à un palais élevé par une main ſage, & décoré d'une manière brillante, dont toutes les parties offrent le goût & la fraîcheur moderne; où la magnificence ſe mêle à la grâce, & la richeſſe à l'élégance; où les colonnes du marbre le plus poli préſentent encore à l'œil l'harmonie des proportions; dont tous les ornemens ont à la fois de la ſageſſe & de l'éclat, & qui, ſans étonner & remplir l'imagination par ſa grandeur, attache cependant & intéreſſe la vue du Spectateur à chaque pas. Déjà même le Héros François eſt devenu celui de l'Europe. M. de Voltaire a fait adopter Henri IV par toutes les Nations, comme ſi le Bienfaiteur des hommes eût été le Roi de tous les Peuples.

C'étoit au Théâtre, c'étoit dans le champ cultivé par les Corneilles & les Racines, que M. de Voltaire devoit acquérir la maturité de ſa grandeur & de ſa gloire : c'eſt de-là qu'eſt partie cette renommée, qui dans ſa marche a parcouru & embraſſé l'Europe entière; c'eſt de-là que les cris d'admiration, prolongés de ſiècle en ſiècle, iront encore loin de nous retentir dans la Poſtérité. Ici, MESSIEURS, en vous parlant du mérite & de la ſupériorité de M. de Voltaire comme Poëte tragique, que puis-je vous apprendre? Je ne puis que m'entretenir avec vous de vos penſées, & vous raconter vos plaiſirs. Sa première gloire dans cette carrière a été de s'y frayer de nouvelles routes après les deux Hommes à jamais célèbres qui l'avoient précédé.

Preſque tous les grands Hommes, on le ſait trop, ſemblent frapper la Nature & les ſiècles de ſtérilité dans le genre où ils ont une fois paru; c'eſt qu'ils traînent après eux l'imitation. On diroit que le Génie reſſemble à ces Rois de l'Orient, dont le malheur & la puiſſance eſt de rendre eſclaves tous ceux qui approchent d'eux. M. de Voltaire, après Corneille & Racine, a eu, comme eux, la gloire de donner à ſon Art un caractère qui lui fût propre. On peut dire que l'Art, ſous ces trois Hommes célèbres, eut un eſprit comme un but différent.

différent. Corneille, venu après les longues tempêtes des guerres civiles, & qui, sous Richelieu, avoit encore vu des conspirations & des troubles, l'inquiétude des Peuples, l'agitation violente des Chefs, & cette lutte sourde & pénible de la politique contre la force, & de la liberté contre le pouvoir absolu; plein des grandes émotions que donne un pareil spectacle, composa la Tragédie en Homme d'Etat: à un Peuple fier, il parla d'intérêt public, de politique & de grandeur; & dans cette époque, il fit, pour ainsi dire, la Tragédie de sa Nation. Mais lorsqu'à de longs ébranlemens eut succédé le calme de l'obéissance, quand l'agitation des plaisirs eut pris la place de ces mouvemens orageux de la liberté, & qu'une Cour brillante & voluptueuse, en donnant de la pompe à l'antique galanterie Françoise, eut embelli l'Amour par les Arts; & illustré les foiblesses par le mélange de la gloire, alors la Tragédie, comme la Nation, descendit de sa hauteur. Racine, lui ôtant cette physionomie altière, lui donna des traits plus doux & plus tendres, & ce grand Homme fit la Tragédie de la Cour de Louis XIV. Dans l'intervalle qui sépara ces deux Poetes fameux de M. de Voltaire, & où la Tragédie se traîna long-temps sans caractère & sans force, je ne dois pas omettre ici l'Auteur célèbre de Rhadamiste & d'Electre, qui a jeté tant d'éclat dans ces deux Ouvrages. Mais cet Homme singulier dans son talent comme dans ses mœurs, plein d'une vigueur inculte & d'une rudesse originale, fut presque étranger à sa Nation comme à son siècle; & sans rien emprunter d'eux, sans avoir aucun rapport avec tout ce qui l'entouroit, il ne créa que la Tragédie de son caractère & de son genie. Enfin M. de Voltaire parut: son premier succès l'assura de ses forces, & le montra à la Nation; mais il ne trouva point d'abord le genre & la manière qui lui devoient appartenir un jour: car la première jeunesse, qui paroît être la saison de la confiance & de l'audace, a plus en partage peut-être le courage de caractère que le courage & l'indépendance du génie, parce que celui-ci n'a pas encore eu le temps de rassembler ses forces, de fonder sa puissance, & que ce n'est que par degrés qu'il est averti de toute sa grandeur.

Ce fut, MESSIEURS, vous le savez, à l'époque de Brutus qu'il se fit une eſpèce de révolution dans ce génie vigoureux & ardent. Il avoit raſſemblé tout ce que Paris pouvoit lui donner de goût & de lumières ; il avoit acquis une parfaite connoiſſance du Peuple à qui il étoit obligé de plaire ; Peuple délicat & ſenſible, mais fatigué de plaiſirs, avide de toutes les jouiſſances du talent, & toujours prêt à les combattre ; qu'on ne peut attacher que par la nouveauté, & qui cependant juge tout par la coutume & l'uſage, & qu'il faut, pour ainſi dire, enlever à lui-même, pour le fixer par des émotions durables & profondes. Il avoit médité les Anciens, qui, pour le goût, ſont encore nos légiſlateurs après deux mille ans ; étudié profondément les grands Hommes du ſiècle de Louis XIV, qui le touchoient de plus près, & qui étoient comme ſa famille & ſes ancêtres. Il avoit fixé long-temps à Londres un œil obſervateur ſur cette Nation, à qui ſon Gouvernement, ſon climat & ſes mœurs ont donné une Littérature dont les beautés & les défauts n'ont preſque rien de commun avec la nôtre ; chez qui la penſée a quelque choſe de plus recueilli & de plus profond, le ſentiment eſt plus ſombre, la Poëſie plus morale ; où l'imagination preſque toujours mélancolique & ſolitaire eſt toujours prête à s'allier à la Philoſophie ; où la Tragédie faite pour le Peuple, & pour des hommes qui ont beſoin de ſecouſſes violentes, parle ſans ceſſe aux yeux, & à l'aide du Spectacle, enfonce quelquefois plus avant les traits de la pitié comme de la terreur ; où l'Art théâtral, dans ſa liberté brute & ſauvage, a une ſorte d'audace & de fierté que lui donne l'indépendance des Lois ; &, ſemblable à ces hommes qui ſe gouvernent toujours par leur caractère, & jamais par des principes, tire ſouvent de ſon audace même plus de vigueur & des effets plus terribles & plus profonds. M. de Voltaire fit comme un Légiſlateur qui, après avoir voyagé quelque temps chez un Peuple où il auroit trouvé des mœurs fortes, mais à demi-barbares, de grands crimes & de grandes vertus, & les prodiges comme les excès du courage au milieu de l'anarchie ; de retour dans le pays de ſa naiſſance, & voulant donner une Légiſlation nouvelle à un Peuple civiliſé, mais peut-être énervé par ſa politeſſe même, auroit cherché dans ſon génie un plan de Légiſlation qui pût concilier le plus grand degré de force avec la ſoumiſſion aux Lois, & qui, développant toute l'énergie du caractère, lui laissât tous ses avantages en lui ôtant ses abus.

C'est ce problême si difficile à résoudre en politique, que M. de Voltaire entreprit de résoudre dans l'Art de la Tragédie. Avec quel succès? Vous le savez, MESSIEURS. Il donna donc plus de rapidité à l'action, plus de force à l'intérêt, plus de précipitation au dialogue, plus d'impétuosité aux sentimens, & en général, je ne sais quoi de plus véhément & de plus terrible au pathétique. Ne sont-ce point-là, MESSIEURS, les effets que vous-mêmes, ainsi que toute la Nation, avez éprouvés au Théâtre de M. de Voltaire? Quand les fantômes de la Tragédie eurent-ils plus de pouvoir sur un Peuple assemblé? Quand poursuivirent-ils le Spectateur avec plus d'empire, hors même du Théâtre, par cette horreur sombre & muette, suite des grandes émotions, & que le Spectateur passionné aime à remporter avec lui, comme un sentiment à la fois doux & terrible? N'est-ce pas lui qui a tiré la Tragédie parmi nous de cette langueur de galanterie née des mœurs de la Chevalerie antique, dont le ton perpétué par les Romans, & cher à la Cour de Louis XIV, étoit soigneusement conservé par les femmes comme le reste de leur empire, par les hommes comme un vieux titre de noblesse; que Racine & Corneille avoient consacrée au Théâtre par leur exemple, & dont heureusement leurs foibles imitateurs nous ont laissé sentir le ridicule par leur impuissance à mêler de grandes beautés à ces défauts? N'est-ce pas lui qui a pour jamais assuré la dignité de la Tragédie contre ce mauvais goût, en créant & en développant ce principe, qui fut un des secrets de son génie, que jamais l'Amour au Théâtre n'est fait pour la seconde place, & qu'il doit ou n'y point paroître, ou y dominer en tyran? Et qui a mieux rempli ce précepte que celui même qui l'a donné?

On peut dire que M. de Voltaire, après Racine, a rajeuni la passion de l'amour au Théâtre : mais tous les deux l'ont traitée d'une manière différente. Racine, avec l'art le plus insinuant & le plus doux, en a montré les nuances & les traits les plus délicats; ce n'est que dans les trois rôles admirables d'Hermione, de Roxane & de Phèdre qu'il en a peint & les orages & les fureurs. M. de Voltaire attache moins l'esprit par tous ces développemens si profonds & si fins, qui semblent pour chacun l'histoire secrette de ses foiblesses; il peint l'amour à plus grands traits; il mêle plus de pathétique à cette passion, dont il fait naître de plus grands malheurs comme de plus grands crimes. L'amour, dans Racine, est peut-être plus uniforme, parce qu'il le représente presque toujours avec les couleurs générales de tous les pays & de tous les siècles. J'en excepte le rôle sublime de Roxane, où il a marqué fortement la nuance particulière des intrigues d'un Sérail, & cette tendresse menaçante toujours prête à s'armer du poignard du despotisme. M. de Voltaire, dans la peinture de cette passion, a peut-être moins heureusement exprimé cette nature générale, qui est comme le premier trait du dessin; mais il en a saisi & tracé avec plus de force les différences locales qui naissent des mœurs des Peuples, & de la diversité des climats comme des temps. Enfin une différence singulière & frappante entre ces deux Poëtes célèbres, c'est que dans Racine les trois rôles passionnés, & où l'amour est véritablement terrible & tragique, sont des rôles de femmes, & presque tous les rôles d'amans sont des rôles doux, tendres, & que ses Critiques ont même accusés d'un peu de foiblesse. M. de Voltaire, au contraire, a donné aux femmes cette sensibilité douce & tendre, & à ses amans les traits d'une passion énergique, impétueuse & profonde. D'où a pu naître cette différence entre deux Hommes de génie? Racine, familiarisé avec les chef-d'œuvres de l'Antiquité, a-t il voulu suivre les traces & l'esprit des Anciens qui n'ont jamais donné cette grande passion de l'amour qu'à des femmes, & ont paru croire que les agitations terribles & l'excès de ce sentiment ne pouvoient qu'avilir un Héros? ou ce Peintre ingénieux & profond du cœur humain a-t-il pensé que les femmes, à qui la Nature a donné une imagination plus vive & un cœur plus sensible, les femmes dont tous les désirs sont plus impétueux par la contrainte même qui les irrite, dont l'ame se soulève plus contre les obstacles par le sentiment même de leur foiblesse, sont par-là plus susceptibles des tourmens d'une passion malheureuse, de ces orages du cœur qui le bouleversent & le précipitent en un instant par un flux & reflux rapide vers toutes les extrémités contraires? Peut-être aussi que ce grand Homme, né avec l'ame la plus tendre, passionné pour les grâces & la beauté, se plaisoit à retracer dans les femmes toute la violence & l'emportement de l'amour; son imagination avoit besoin de les peindre, comme son cœur de les aimer, & lui-même jouissoit avec délices des larmes que son talent faisoit verser pour elles. M. de Voltaire, marchant après lui, pour trouver de grands effets qui lui appartinssent, dut suivre une route différente. Il transporta donc aux hommes tous les mouvemens tragiques des passions. On sait qu'en général un de ses principes de goût étoit de donner aux femmes les traits de la douceur plutôt que ceux de la force, & tout ce qui pouvoit séduire plutôt que ce qui pouvoit étonner. Et il faut convenir que, dans ce genre, Zaïre est le modèle de la séduction la plus aimable, comme de la grâce la plus touchante. A l'égard de tous ces rôles passionnés qu'il a tracés avec tant de vigueur, peut-être que son imagination n'a fait que transporter aux Héros de ses Tragédies cette même impétuosité de caractère qu'il sentoit au fond de son cœur, & qui eût animé ses passions, si ses travaux immenses ne l'eussent distrait du sentiment de l'amour. Ne sait-on pas que dans tous les Arts à qui un grand Homme imprime un caractère particulier, ce caractère dépend toujours de l'empreinte originale & primitive qu'il a reçue lui-même des mains de la Nature? La Nature, en l'organisant & en lui donnant les passions qui doivent l'enflammer, a dessiné, pour ainsi dire, au-dedans de lui un modèle qu'il ne fait que manifester au-dehors par ses travaux, & dont ses différentes créations ne sont que la copie vivante & animée. C'est ce qui, dans tous les genres, distingue l'homme de génie de celui qui ne l'est pas. Celui-ci emprunte son modèle, & va le demander à tout ce qui a existé avant lui; il ne fait que des copies mortes. L'autre a dans lui-même, comme la Nature, une puissance intérieure & active qui pénètre ses Ouvrages, & leur donne à la fois la forme, la vie & le mouvement.

M. de Voltaire étoit destiné à agrandir le champ de la Tragédie parmi nous. C'est lui qui le premier a fait entendre ces cris déchirans & terribles sortis du cœur d'une mère; qui a osé substituer les transports de la Nature à ceux de l'amour; qui a fait frémir & pleurer sans le ſecours de cette paſſion, qui juſqu'alors étoit regardée comme la ſeule dominatrice du Théâtre. C'eſt lui qui, dans Sémiramis, a donné le premier exemple de ce merveilleux effrayant & ſombre, qui tout-à-la-fois épouvante & attire la foible imagination de l'homme, eſpèce de magie dont les reſſorts ſont placés hors des bornes de la Nature; où un grand Poëte élevant tous ſes Spectateurs juſqu'à lui, fait croire à leurs ames troublées des prodiges que leur raiſon rejette, & inſtruit de la manière la plus frappante cette claſſe d'hommes qui, aſſez puiſſans pour commettre des crimes, ſont aſſez malheureux pour n'avoir pas de juges ſur la terre. N'eſt-ce pas lui encore qui, mêlant pour ainſi dire la Peinture à la Tragédie, a mis le premier ſous nos yeux des tableaux ou pathétiques, ou terribles, & renforcé l'illuſion de l'ame par celle des ſens? Mais avec quel art il a diſtingué les momens d'action qui deviennent plus effrayans ou plus majeſtueux quand on les voit, de ceux que les preſtiges de l'imagination doivent embellir ou créer, & qu'il ne faut point voir pour en être frappé d'une manière plus puiſſante! C'eſt lui enfin qui mettant ſur la ſcène beaucoup de Nations qui n'y avoient point paru juſqu'alors, a conquis, pour ainſi dire, à la Tragédie preſque tous les Peuples de la Terre, & toutes les richeſſes de l'Hiſtoire. Ainſi il a ſuppléé, par la variété des mœurs, à celle des paſſions, & par la nouveauté des intérêts à celle des ſituations tragiques, dont le nombre s'épuiſe & diminue tous les jours.

Un Sage qui dans Athènes appliqua l'Eloquence à la Philoſophie & la Philoſophie à la Légiſlation, Platon, en examinant l'influence de la Poëſie & des Arts ſur les mœurs publiques, ordonne que la Tragédie ſur le Théâtre faſſe les fonctions de la Loi, en puniſſant le crime, en honorant la vertu. Cette idée ſublime, qui ſemble élever le Poëte au rang de Magiſtrat & de Légiſlateur, avoit été remplie par les Corneilles & les Racines dans les dénouemens de leurs Pièces. M. de Voltaire a fait plus : il a fait de la Tragédie entière une école de Philoſophie & de Morale, de cette Morale univerſelle faite pour les Peuples & les Rois, & pour toutes les Nations comme pour la ſienne. Alzire, Mahomet, Sémiramis, l'Orphelin de la Chine ſont des Pièces de ce genre. Et dois-je craindre d'être démenti parmi vous, MESSIEURS, ſi j'oſe dire que de tels Ouvrages, peut-être, ſont plus puiſſans que les Lois pour adoucir les mœurs, pour changer l'eſprit d'un Peuple, pour lui inſpirer une horreur ſalutaire des grands crimes ? Solon ordonna, par une Loi expreſſe, qu'on lût tous les ans l'Iliade dans Athènes. Si on doit préférer le génie qui éclaire & adoucit les hommes, le Peintre de Henri IV, d'Alvarès & de Zophire, mériteroit bien mieux cet honneur parmi nous. Mais ici le plaiſir même tient lieu de Loi, & l'admiration publique remplace les ordres du Légiſlateur.

M. de Voltaire, en tranſportant à la Tragédie ces grandes beautés philoſophiques & morales, a donc créé la Tragédie de ſon ſiècle; mais ici encore il faut remercier ſon génie de ce qu'en donnant ce nouveau caractère au genre tragique, il ne l'a point dénaturé. On ſait que la Comédie, qui par la pente & l'eſprit général du ſiècle a ſubi la même révolution parmi nous, n'a point été auſſi heureuſe; qu'en devenant plus morale, elle eſt auſſi devenue plus froide; & qu'à force d'inſtruire, elle a perdu cette verve de plaiſanterie qui fait ſon caractère. L'imagination brûlante & rapide de M. de Voltaire a préſervé la Tragédie d'un pareil danger. Semblable au feu qui transforme tous les corps en ſa propre nature, ſon génie a rendu la Morale même ſenſible & paſſionnée, comme le génie de Molière dans Tartuffe a ſu la rendre originale & vraiment comique.

Telle a été, MESSIEURS, l'influence de M. de Voltaire dans la Tragédie, dans cet Art qu'on peut véritablement appeller le ſien, quoiqu'il n'y ait pas régné ſeul, parce qu'on ſent que c'étoit-là qu'étoit marqué ſon empire. On ſent qu'il lui appartenoit par les droits de la Nature, & que c'eſt le ſort des hommes doués de cette force & de cette véritable puiſſance du génie, de ſe rendre les propriétaires immortels de tout ce qu'ils touchent. L'on a reproché à cet Homme célèbre, je ne le diſſimulerai point, d'avoir quelquefois ſacrifié la vraiſemblance à la beauté des ſituations, & négligé la régularité des plans pour la grandeur des effets. Il ne m'appartient ni de le condamner ni de l'abſoudre. L'Univers & le temps, voilà les deux ſeuls juges des grands Hommes. Mais je demanderai au Peuple aſſemblé, qui pleure & frémit à la repréſentation de ſes chef-d'œuvres, laquelle de ces ſituations ſi belles il voudroit retrancher, pour n'avoir point à ſe reprocher ſes larmes. Je demanderai ſi au Théâtre le jugement des pleurs ne l'emporte pas ſur celui de la raiſon; ſi le premier talent de cette eſpèce d'enchanteur qu'on nomme Poëte, n'eſt pas celui de l'illuſion, & la première vérité celle du ſentiment. Je demanderai s'il n'en eſt pas des grandes productions des Arts comme de celles de la Nature, où quelquefois une irrégularité heureuſe amène une ſorte de merveilleux qui en impoſe, & une magnificence d'effets qui étonne & ſubjugue l'imagination. Ce n'eſt pas que dans cette Aſſemblée, & parmi vous, Messieurs, qui êtes les dépoſitaires & les gardiens de tous les principes des Arts, j'invite le talent à s'affranchir de ces règles, qui ne ſont que la marche ordinaire du génie obſervée par le goût. Sans doute le Poëte & l'Artiſte doivent aux règles le même reſpect que le Citoyen doit aux Lois; mais dans les Républiques les mieux conſtituées n'a-t-on pas vu quelquefois l'enthouſiaſme patriotique s'élever au-deſſus des Lois, &, pour me ſervir de l'expreſſion du Préſident de Monteſquieu, *la vertu s'oublier un moment pour ſe ſurpaſſer elle-même.* Alors, n'en doutons pas, elle ſe juſtifie par ſa grandeur & ſes ſuccès. Et ſi M. de Voltaire étoit encore vivant, & qu'il pût entendre ces reproches, il pourroit dans un autre genre imiter Scipion, qui, accuſé devant le Peuple d'avoir violé la Loi, au lieu de répondre, ſe contenta de rappeller ſes victoires; & lui auſſi, il auroit le droit de dire comme le Romain: *Montons au Capitole, & allons rendre grâce aux Dieux.*

Si l'on parloit d'un autre homme que de M. de Voltaire, qui pourroit croire, Messieurs, que le génie ardent & paſſionné, qui en avoit fait un ſi grand Poete tragique, lui eût permis de ſe plier à des genres qui demandent preſque dans l'eſprit des qualités contraires? Il ſemble que cette même imagination par laquelle il dominoit ſur nous d'une manière ſi impérieuſe, exerçoit ſur lui le même empire; qu'elle lui donnoit le beſoin de peindre au dehors tout ce qui frappoit ſa penſée, & que tous les genres devoient un tribut à ſa gloire. Si dans le peu de Comédies qui lui ſont échappées, &

qui

qui étoient comme un jeu de ſon eſprit & un délaſſement de ſes travaux, il ne s'eſt pas mis à côté des Hommes célèbres qui ſe ſont diſtingués parmi nous dans cette carrière, il y a du moins porté le mérite de l'intérêt, de la grâce, d'un dialogue piquant & d'un ſtyle plein d'imagination dans ſa familiarité même. Auſſi y a-t-il eu des ſuccès. On ſe ſouvient encore de l'impreſſion d'étonnement & de plaiſir que fit l'Enfant-Prodigue à ſa nouveauté, comme une production ſingulière & preſque ſans modèle. Nanine nous attache encore tous les jours, & nous intéreſſe. L'Ecoſſoiſe, le meilleur peut-être de ſes Ouvrages dans ce genre, & qui a le plus le mérite de la Comédie, rappelle ſouvent le Spectateur par le tableau ſingulier qu'elle lui offre, & ſur-tout par la peinture d'un des caractères les plus originaux qu'il y ait au Théâtre; celui d'un Négociant riche & bruſque qui a de la bonté ſans politeſſe, ignore ou mépriſe toutes les conventions, prodigue les bienfaits, & manque à tous les égards; que ceux qu'il oblige ſeroient preſque tentés de haïr, s'ils n'étoient forcés à l'admirer; qui eſt ſenſible ſans qu'il s'en doute, comme il eſt ſingulier ſans le ſavoir, & ne s'étonne de rien que de l'étonnement & de l'admiration que ſes procédés inſpirent. Quand on ne le ſauroit pas, on devineroit aiſément que ce caractère eſt étranger à notre Nation. Ici M. de Voltaire imita Térence, qui peignoit à Rome les mœurs de la Grèce.

Je m'abandonne, MESSIEURS, au plaiſir de ſuivre dans ſes différentes routes ce Génie extraordinaire & ſingulier, qui, dans les genres même où il n'a point échappé à la critique, a ſu ſe créer un mérite qui n'étoit point à d'autres, & remplacer par des beautés nouvelles celles qui lui manquoient. C'eſt ſous ſa main que notre Poëſie a ſu prendre à la fois tous les tons: c'eſt lui qui a créé parmi nous les modèles de cette Poëſie philoſophique dont Lucrèce donna l'exemple aux Romains, qui immortaliſa le génie de Pope en Angleterre; que la Patrie du Dante, de l'Arioſte & du Taſſe n'a point cultivée; que le ſiècle brillant de Louis XIV ignora lui-même, & qui, ſans doute, eût réconcilié avec l'Art des vers le génie mâle & vigoureux de Paſcal, ſi elle eût été connue de ſon temps, Boileau, le Poëte de la raiſon & du goût, dans ſes belles Epîtres morales, donna des préceptes à l'homme; mais lui, qui oſa tenter en vers pluſieurs hardieſſes heureuſes, n'avoit jamais entrepris de peindre les idées abſtraites de la Métaphyſique avec les couleurs de l'imagination, ou d'embellir la Phyſique même du charme des vers. M. de Voltaire l'a tenté avec ſuccès. La Poëſie Françoiſe, juſqu'alors circonſpecte & timide, s'eſt étonnée de prendre un nouvel eſſor; elle a parlé quelquefois le langage des Lockes & des Schafteſburys: tranſportée dans les Cieux de Newton, elle a tracé en vers pleins de majeſté les mouvemens & les orbites des Aſtres, a monté ſur le Char du Soleil pour en peindre les couleurs, & en a pris, pour ainſi dire, l'éclat & la magnificence.

Dans cet Homme ſingulier, tout eſt contraſte. On diroit qu'il ſe joue de ſon imagination & de ſon talent, & qu'il lui donne toutes les formes pour nous donner toutes les illuſions. Qui a ſu conter en vers d'une manière plus agréable, quoique ſi différente de celle de La Fontaine? On ne peut point dire que dans ce genre, l'un égale ou ſurpaſſe l'autre; ils n'ont point de meſure commune; ils n'ont de rapport entr'eux que celui d'attacher & de plaire. Si on vouloit les comparer, il ſeroit beaucoup plus aiſé de ſaiſir ce qui les diſtingue, que ce qui les rapproche. La Fontaine conte avec une ſorte d'ingénuité aimable, qui s'empare doucement de votre attention; M. de Voltaire, avec une fineſſe piquante & qui réveille l'eſprit à chaque inſtant. L'un dans ſa marche ſe repoſe, s'arrête, mais vus aimez à vous arrêter avec lui; ſon repos a autant de charme que ſon mouvement: l'imagination rapide de l'autre vous entraîne, vous mène par des routes plus ſingulières & plus imprévues, qui par-là même deviennent plus courtes. La Fontaine ſemble conter pour lui-même; M. de Voltaire n'oublie jamais qu'il conte pour les autres. Tous deux ſont Peintres dans leurs récits; mais les traits de l'un ont plus de naïveté, & ceux de l'autre plus de force. Souvent La Fontaine indique le tableau, & M. de Voltaire le compoſe. Leur gaieté ne ſe reſſemble pas; leur grâce même eſt différente. Celle de La Fontaine a plus d'abandon, &, pour ainſi dire, plus d'oubli d'elle-même; c'eſt celle de l'enfance ou de la beauté qui s'ignore. La grâce, chez M. de Voltaire, a plus de physionomie, & son charme, quoique naturel, semble plus fin; on voit qu'elle a reçu l'éducation de la Société & des Cours. Enfin, quoique tous deux aient de la négligence, cette négligence n'est pas la même. Dans La Fontaine, elle tient au caractère de son esprit comme de son ame, à une mollesse aimable, qui est plus enchantée du repos que de la gloire, & ne veut point acheter une perfection au prix d'un effort: dans M. de Voltaire, elle semble fixée par la chaleur même de son imagination, qui ne lui permet pas de s'arrêter, peint toujours de premier mouvement, n'achève pas pour créer encore, & toujours plus pressée de produire, lui fait oublier l'idée qu'il vient de tracer pour la nouvelle idée qui le frappe, précipitant à la fois sa marche, son style & son Lecteur avec lui.

Mais si dans le conte & le récit familier ou plaisant, on peut lui opposer La Fontaine parmi nous, & l'Arioste chez les Italiens, qui peut-on lui comparer dans les Poësies légères, & qu'on appelle de Société? Il sembloit que la supériorité dans ce genre devoit appartenir de droit au siècle & à la Cour brillante & polie de Louis XIV. M. de Voltaire lui a enlevé cette gloire, & les Chaulieux, les la Fares, les Hamiltons n'ont plus que le second rang. Ce qui le caractérise dans ces sortes d'Ouvrages, ce n'est pas seulement la précision, l'élégance, la facilité, l'esprit, qualités communes à ses autres Poësies comme à celles-là: c'est le choix le plus piquant & le plus fin de la langue familière, qui sous sa main acquiert la sorte de noblesse que la grâce donne; c'est l'heureux accord des images du Poëte avec le ton de la conversation la plus aimable; ce sont les tournures les plus imprévues, & comme des saillies d'imagination, qui, outre le mérite de la surprise, ont encore celui du naturel, parce qu'on voit bien qu'elles ne sont que le mouvement & la marche de son genre d'esprit; c'est le tact le plus délicat de toutes les convenances; c'est dans la plaisanterie avec les Grands & les Femmes (deux sortes de Puissances dans la Société), une hardiesse mesurée, & que le goût le plus sûr ne manque jamais d'avertir à temps du point où il faut s'arrêter; c'est enfin tout ce que l'Art le plus réfléchi sembleroit devoir trouver à peine en le cherchant, & que M. de Voltaire laissoit tomber en se jouant & presque sans y penser, de sa plume brillante & facile. Aussi la Haine & l'Envie, qui lui ont tout disputé, n'ont pas osé même lui disputer ce succès. Une fois elles ont été forcées d'être justes. M. de Voltaire nous rappelle Alcibiade exilé & proscrit après des victoires, mais qui subjugua les Athéniens par ses agrémens.

Arrêtons-nous un moment, Messieurs, pour considérer ici d'une vue plus générale le sort de la Poësie Françoise, & les obligations qu'elle eut à cet Homme célèbre. Parvenue à son plus grand éclat, sous un Règne où tout prit de la hauteur & de la dignité, elle parut à la fin s'obscurcir avec lui, comme si elle étoit destinée à suivre dans sa marche & dans sa décadence la grandeur politique de l'Etat qui l'avoit vue naître. Peut-être qu'en effet le génie de la Poësie a besoin d'un certain éclat de prospérité publique qui élève à la fois & enflamme les imaginations. Il faut que le Monarque, entouré du bonheur, puisse au moins fixer sur elle des regards sereins. Mais Louis XIV, dans la caducité de l'âge & du malheur, l'ame flétrie par les disgrâces & les chagrins, environné des tombeaux de ses Enfans & des ruines de son Royaume, livré dans l'intérieur de ses Palais à cette tristesse solitaire d'un Vieillard qui a perdu ses goûts, & d'un Roi qui survit à ses succès; Louis XIV, dans cet état, étoit bien loin des beaux jours de sa jeunesse, où son ame heureuse s'ouvroit à tous les plaisirs des Arts comme à ceux de la grandeur; où il aimoit à ranimer d'un regard le génie éteint du vieux Corneille, & à reconnoître son cœur dans les peintures touchantes de Racine; où le Monarque indiquoit à Quinault le sujet & le plan d'Armide; où Molière persécuté mettoit le Tartuffe sous l'abri du Trône. Ils n'étoient plus ces jours de plaisir & de gloire, où les chef-d'œuvres du génie servoient d'embellissement aux Fêtes des Héros. La Poësie s'éclipsoit de toutes parts. Rousseau seul, par un grand talent dans un genre que le siècle de Louis XIV lui avoit laissé, & qui n'avoit point été cultivé avec succès depuis Malherbe; Rousseau, né pour l'harmonie & les images, comme pour la pompe & la fermeté du style, seul, rappeloit encore le beau siècle qui s'étoit écoulé, & soutenoit la Poësie dans cette décadence générale qui la menaçoit. La Régence

& les mœurs qui la ſuivirent ne lui furent pas plus favorables; car la Poëſie, ſans être auſtère, pour conſerver tous ſes charmes, veut de la liberté ſans licence; elle a beſoin que la ſenſibilité ſe mêle à l'amour, & la décence à la volupté. Dans le même temps, des Hommes célèbres, plus diſtingués par leur eſprit que par leur imagination, & trop accoutumés à mettre la fineſſe à la place du ſentiment, formèrent entr'eux une eſpèce de conjuration contre la Poëſie; ils la traitèrent comme une uſurpatrice qui s'étoit prévalue de l'enfance de la raiſon humaine pour obtenir trop long-temps un empire & des droits qui ne lui appartenoient pas. Tout ſembloit les ſeconder, leur mérite & leur conſidération perſonnelle qui ajoutoit un nouveau poids à leur opinion; cette eſpèce de rivalité qui s'élève preſque toujours entre un ſiècle fameux qui n'eſt plus & le ſiècle qui lui ſuccède; la pente trop naturelle des hommes à ſe dégoûter de leurs plaiſirs, & à moins eſtimer ce qu'ils poſſèdent; le beſoin de chercher de nouveaux genres, par la difficulté d'égaler les grands Hommes déja connus; enfin, cet eſprit général de Philoſophie & de raiſon qui commençoit à devenir le caractère dominant du ſiècle: & l'on vouloit armer la raiſon contre la Poëſie, comme en Politique on cherche à déſunir des Alliés qui ont beſoin l'un de l'autre, & qui ſeroient ſûrs de multiplier leurs forces en s'uniſſant. C'eſt au milieu de toutes ces circonſtances, qui ſembloient devoir précipiter la chûte de la Poëſie Françoiſe, que M. de Voltaire, preſque ſeul, en a ſoutenu la gloire avec tant d'éclat. Pendant un demi-ſiècle, ce génie vigoureux l'arrêta ſur le penchant de ſa ruine. Il ſut attacher par le charme de ſes vers toutes les claſſes de Lecteurs, offrant à chacune tout ce qui pouvoit lui plaire: aux Femmes, les agrémens & la molle facilité de leur eſprit; aux Sociétés du monde & de la Cour, leur ton; aux Philoſophes, leurs idées; aux hommes d'imagination, la richeſſe des couleurs & la variété des tableaux; aux ames ſenſibles, ces paſſions énergiques & brûlantes qu'il eſt auſſi rare de reſſentir que de peindre, & dont l'image nous plaît encore, par le ſouvenir délicieux des plaiſirs ou des tourmens qu'elles nous ont fait éprouver. C'eſt ainſi qu'il a conſervé cinquante ans & tranſmis juſqu'à nous ce grand dépôt de la Poëſie Françoiſe que lui avoit remis le siècle de Louis XIV; entretenant par son génie le feu sacré jusqu'à l'époque où le renouvellement de l'Eloquence, l'étude de l'Histoire Naturelle, les grands tableaux de la Nature, présentés sous les pinceaux fiers & hardis d'un Philosophe Poëte, la renaissance du goût pour les Anciens, le commerce même & les richesses de la Littérature étrangère, ont paru ranimer dans la génération nouvelle le goût & le talent des vers, & sur-tout cette Poësie pittoresque & d'images, dont plusieurs d'entre vous, Messieurs, dans des Ouvrages distingués, ont déjà donné des modèles à la Nation.

Avant M. de Voltaire, presque aucun de nos Poëtes célèbres n'avoit eu le mérite d'écrire d'une manière supérieure en prose. Et si l'on consulte les Annales Littéraires de tous les Peuples, on verra que ces deux genres de gloire avoient été presque toujours séparés. Chez les Grecs, Hérodote & Thucydide n'eurent point le talent des vers, ni Euripide & Sophocle celui d'écrire l'Histoire. Platon, qui dans Athènes fut l'Homère des Ecrivains en prose, s'étoit essayé dans la Tragédie & l'Epopée sans y réussir. Cicéron eut besoin de s'absoudre de la médiocrité de ses vers par la beauté de ses discours. Chez les Modernes, Machiavel en Italie, Adisson en Angleterre & Racine en France, avoient été presque les seuls qui avoient paru annoncer un talent supérieur dans les deux genres : mais tous trois en cultivèrent un de préférence, & parurent presque négliger l'autre (1). Il étoit réservé à M. de Voltaire de s'acquérir une gloire éclatante dans tous les deux. Il eut, comme tous les grands Ecrivains, une prose qui ne fut qu'à lui, & dont le caractère même fut tout-à-fait différent de celui de ses vers. Il étoit comme impossible de mieux dissimuler sa qualité de Poëte. Il n'en retint que ce degré d'imagination qu'il faut pour donner du coloris à la pensée & du mouvement au style : mais ces couleurs furent douces, & ce mouvement fut tempéré ; il savoit à propos mettre de l'économie dans l'usage de ses forces, comme il savoit au besoin les déployer toutes entières.

Parmi tant de genres si variés, auxquels M. de Voltaire appliqua

(1) Machiavel & Adisson ont fait très-peu de vers; Racine, comme on sait, a très-peu écrit en prose.

ce nouveau talent, j'en diſtingue un plus important par ſon objet comme par ſon étendue, & où cet Homme célèbre n'a pu s'arrêter, ſans y laiſſer l'empreinte du génie qui trace des ſillons nouveaux, & change les routes où l'habitude ſe traînoit depuis des ſiècles. Ce genre eſt l'Hiſtoire. La Littérature Françoiſe, qui avoit fait des progrès ſi éclatans ſous Louis XIV, & avoit paru ſi féconde en grands Hommes (choſe ſingulière), dans ce genre ſeul étoit demeurée impuiſſante & ſtérile, ſoit que l'eſprit Monarchique en général ſoit peu favorable au génie de l'Hiſtoire dont l'eſprit fier & indépendant doit être libre comme la vérité, oublier les titres pour ne peſer que les actions, & juger les Rois comme les Peuples; ſoit que dans la Monarchie où tous les reſſorts politiques ſont cachés & les cauſes des événemens ſont preſque toujours le ſecret du Trône, l'Hiſtorien ſe trouve réduit à former des conjectures au haſard, ou à ne préſenter que des faits ſans chaîne & ſans liaiſon; ſoit enfin que l'eſprit général du ſiècle de Louis XIV, cet eſprit d'adoration & d'enthouſiaſme que la grandeur du Prince avoit inſpiré aux Sujets, eſprit très-propre à former des Orateurs, des Poëtes, des Peintres, des Sculpteurs, enfin, tous les talens des Arts où l'embelliſſement & l'exagération peuvent avoir lieu, fût par ce caractère même moins propre à former le talent de l'Hiſtorien, dont le premier devoir eſt d'être ſans paſſion, & pour qui l'enthouſiaſme eſt de tous les écueils peut-être le plus dangereux. Auſſi ce ſiècle célèbre fut le ſiècle du Panégyrique & non de l'Hiſtoire. Il fit naître des Péliſſons & des Boſſuets, & non des Tite-Lives & des Tacites. Ce champ reſtoit donc tout entier pour notre ſiècle, & M. de Voltaire s'en eſt emparé. La Muſe de l'Hiſtoire remit ſon pinceau à la même main qui ſut tracer la Henriade, Zaïre, Mahomet, & cette foule d'Ouvrages agréables dans tous les genres. Avec ce pinceau rival de celui des Anciens, M. de Voltaire deſſina d'abord une figure altière, qui uniſſoit à tous les traits de la jeuneſſe la hauteur d'un Conquérant, traînant après elle une admiration mêlée de terreur, faiſant & défaiſant des Rois, repouſſant d'une main ſévère les plaiſirs, entourée de toutes les vertus qui tiennent à la force & peuvent ſe concilier avec la guerre, calme & ſanglante au milieu des batailles, & l'air ſerein, quoique le viſage brûlé du feu des com bats. Cette figure étoit celle de Charles XII. Il en dessina bientôt une seconde aussi fière, mais plus calme, & d'une tranquillité majestueuse; elle ébranloit aussi des Etats par ses armes, mais sembloit elle-même placée hors du mouvement, quoiqu'elle le fît naître. Le Génie & la Valeur, à qui elle paroissoit commander en Souveraine, venoient déposer à ses pieds les drapeaux des Peuples vaincus, en la remerciant d'avoir bien voulu se servir de leurs mains pour augmenter sa gloire : elle avoit à côté d'elle les Arts & les Plaisirs; les Plaisirs respiroient la grandeur, & les Arts suspendoient leurs chef-d'œuvres autour du Trône parmi des trophées; enfin, elle étoit escortée d'une foule de grands Hommes qu'elle sembloit inspirer d'un de ses regards, & qui à leur tour réfléchissoient sur elle tout l'éclat dont ils étoient eux-mêmes entourés. Cette figure imposante étoit celle de Louis XIV. Enfin, dans une composition plus vaste & plus grande, il dessina le Tableau du Genre Humain tout entier depuis les siècles barbares, & conduit à travers tant de révolutions & de malheurs, jusqu'à cette époque des Arts & des lumières, qui semble promettre une félicité nouvelle aux Nations. Tels sont les trois Monumens historiques élevés par les mains de M. de Voltaire, & qui tous les trois sont des Ouvrages les plus distingués de la Littérature Françoise; il s'y place à côté des plus grands Modèles, par cette éloquence naturelle & mesurée qui convient à l'Histoire, par l'art de répandre de l'intérêt sur ses récits, par le talent de préparer & d'enchaîner les faits, talent aussi nécessaire à l'Historien qu'au Poëte Dramatique, & qui, dans les deux genres, fonde également la vraisemblance; enfin, par la manière dont il juge les événemens & les hommes : & c'est peut-être un des caractères les plus frappans de ce Génie singulier. Celui qui dans la Tragédie à une imagination si impétueuse & une ame si passionnée, dès qu'il écrit l'Histoire, n'a plus qu'une raison calme. On n'aperçoit dans l'Historien aucun de ces élans d'une ame ardente, & de ces éclairs d'imagination, qui font souvent son caractère & son charme comme Poëte. La raison alors vient soumettre à une loi exacte ses jugemens comme son style; & celui même de tous ses Ouvrages historiques où le sujet & le caractère principal devoient plus donner à l'Historien des souvenirs de Poëte, je veux dire l'Histoire

de

de Charles XII, eſt peut-être celui de tous dont la compoſition générale eſt la plus auſtère. Jamais les fautes & les erreurs brillantes où la ſéduction de la gloire entraîne un jeune homme & un Héros, ne furent mieux appréciées que dans cet Ouvrage, ſans que l'imagination, qui peut-être en eſt éblouie en ſecret, dicte jamais ſon jugement à la raiſon.

L'Hiſtoire moderne avant lui, vous le ſavez, MESSIEURS, portoit encore l'empreinte de ces temps barbares où les Oppreſſeurs & les Tyrans des Nations ſeuls étoient comptés parmi l'eſpèce humaine; où le Peuple & tout ce qui n'étoit qu'homme n'étoit rien. Les Gouvernemens avoient changé. L'homme étoit rentré du moins dans une partie de ſes droits; mais l'Hiſtoire frappée encore de l'eſprit de l'antique ſervitude, ſans faire un pas en avant, ſembloit reſtée au ſiècle de la féodalité : elle n'oſoit en quelque ſorte croire à l'affranchiſſement du Peuple, & le repouſſoit de ſes Annales, comme autrefois eſclave il étoit repouſſé de la Cour & des Palais de ſes Tyrans. C'eſt M. de Voltaire, MESSIEURS, qui le premier a ſenti, a marqué la place que la dignité de l'homme devoit occuper dans l'Hiſtoire. Il a donc voulu que l'Hiſtoire déſormais, au lieu d'être le tableau des Cours & des champs de bataille, fût celui des Nations, de leurs mœurs, de leurs lois, de leur caractère; & il a lui-même exécuté ce grand projet. Polybe avoit écrit l'Hiſtoire guerrière; Tacite & Machiavel, l'Hiſtoire politique; Boſſuet, l'Hiſtoire religieuſe; M. de Voltaire écrivit le premier l'Hiſtoire philoſophique & morale: auſſi cet Homme extraordinaire, qui a renouvelé parmi nous preſque tous les champs de la Littérature, a fait par ſon exemple une révolution dans l'Hiſtoire. On s'eſt empreſſé de ſuivre ſes traces, comme tous les Navigateurs de l'Europe ſuivirent en foule les traces de Colomb dans les routes qu'avoit devinées ſon génie, & chacun eſt venu partager les dépouilles de ce Nouveau-Monde de l'Hiſtoire ouvert à notre ſiècle. Tous les Ouvrages faits dans ce genre ſont autant d'hommages rendus à M. de Voltaire; & parmi les Écrivains qui l'ont imité, il a la gloire de compter auſſi des Hommes célèbres, ſoit en France, ſoit en Angleterre, à-peu-près comme ces Rois conquérans, qui, outre la multitude qu'ils traînoient dans leurs armées, comptoient aussi des Rois sous leurs drapeaux.

Il ne restoit plus qu'un succès à M. de Voltaire ; c'est celui du Roman : & il ne l'a point dédaigné, parce qu'il ne dédaigna jamais aucune sorte de gloire. Ce genre qui a subi tant de révolutions, étoit destiné à en éprouver encore une nouvelle sous la main qui a donné un nouveau caractère à tout. Il est à remarquer que le Peintre de Zaïre & d'Aménaïde, l'Écrivain qui a parlé de l'amour avec tant de charmes, & quelquefois avec une galanterie si douce, a, pour ainsi dire, ôté l'empire du Roman aux femmes, qui de tout temps y avoient régné. Il en a fait un conte pour les Sages qui veulent s'instruire, & il les instruit presque toujours en leur présentant une suite de tableaux rapides où il trace en courant les préjugés, les erreurs, les usages ridicules des Peuples, les désordres de la Société, & plutôt des vices que des passions. Avide de faire la satire de l'homme dans tous les pays comme dans tous les rangs, il semble craindre que l'homme quelque part ne lui échappe & ne trouve un asile contre ses traits : il le poursuit par-tout, parcourt les ridicules du globe entier, passant d'un monde à l'autre ; rapprochant ce qui peut-être ne le fut jamais par la Nature, mais créant l'illusion par la magie de ses pinceaux ; étonnant sans cesse par des oppositions de scenes & des contrastes d'opinions ou d'idées ; trouvant le côté plaisant des plus grands objets, & le côté philosophique des plus petits. M. de Voltaire dans ce genre d'Ouvrage, qui de tous est peut-être celui qui peint le mieux son esprit naturel & son imagination, a pressé, pour ainsi dire, & serré le ridicule, comme dans la Tragédie il a pressé le pathétique & l'intérêt. Ainsi le Roman, sous sa main, par une sorte d'association nouvelle, & qui n'étoit réservée qu'à lui, réunit à la fois le génie de l'Histoire, celui de la Comédie, celui de la Satire, celui de la Philosophie morale, & quelquefois le merveilleux des Orientaux qui devient philosophique par les grandes leçons qu'il en tire, en même temps qu'il plaît & qu'il étonne par l'empire inévitable que tout merveilleux a sur son imagination.

Après tant de travaux si opposés, que manquoit-il à cet Homme extraordinaire que d'avoir voulu voyager dans les Sciences & annoncer les découvertes de Newton? Ce feroit à l'Écrivain philofophe, au Géomètre créateur qui a lui-même confirmé les découvertes du Philofophe Anglois (1), & que je vois affis parmi vous, MESSIEURS, parce qu'au génie des plus hautes Sciences il joint le mérite d'une Littérature également fine & profonde; ce feroit à lui d'apprécier les efforts de M. de Voltaire en ce genre. Quelque jugement qu'on porte de cet Ouvrage, il aura droit d'étonner quand on le rapprochera de tous les autres. Les Grecs remercièrent Alexandre de ce qu'après avoir tout parcouru & tout vaincu, il leur avoit montré les Indes, quoiqu'il ne les eût pas conquifes.

Cette Monarchie univerfelle des talens, cet Empire compofé de tous les Empires réunis, avoit été fans modèle & fans exemple dans les quatre grands fiècles des Arts qui avoient précédé celui-ci. Le fiècle fameux de Louis XIV ne vit perfonne qui ofât même afpirer de loin à cette conquête générale, & l'ambition qui veut tout dominer, parut alors n'appartenir qu'au Souverain: c'eft que la force politique, principe de l'agrandiffement des Rois, étoit alors fondée depuis long-temps; au lieu que dans l'Empire des Lettres & des Arts tout commençoit à naître: il falloit d'abord tout créer. Le génie de l'invention, ce génie qui apparoît toujours à l'homme au fortir des temps barbares, rarement s'égare & fe difperfe à la fois fur plufieurs objets; il repofe fur un feul genre qu'il féconde par ces méditations profondes & lentes, créatrices des grandes idées. Telle eft l'occupation & l'ouvrage du premier fiècle des Arts. Mais quand tous les chemins font ouverts, toutes les carrières tracées, alors le génie peut concevoir le vafte deffein de tout embraffer & de tout réunir: & ce qui prouve, MESSIEURS, que c'eft-là le progrès naturel ou de l'ambition ou du talent, c'eft qu'à la fin du dernier fiècle, & à la naiffance du nôtre, deux Hommes d'un mérite diftingué, avant M. de Voltaire, avoient ofé tous deux former ce grand projet; mais tous deux furent comme ces Guerriers entreprenans & hardis que l'on rencontre quelquefois dans l'Hiftoire, qui, n'ayant reçu de la Na-

(1) *Recherches fur la préceffion des Équinoxes, & fur différens points du Syftème du Monde*, par M. D'ALEMBERT.

ture, ni tout le talent, ni tout le génie de leur ambition, ont échoué, parce qu'ils exécutoient avec foibleſſe ce qu'ils projettoient avec audace, mais cependant ont frayé la route à d'autres. La Motte & Fontenelle avoient tracé le plan de la conquête, & M. de Voltaire l'a exécuté.

Mais comment a-t-il pu raſſembler tant de forces dont il avoit beſoin? Comment un ſeul homme a-t-il pu ſuffire à tant de travaux? La Nature, qui s'eſt toujours réſervé la plus grande part dans la formation des grands Hommes, avoit ſans doute beaucoup fait pour lui. Elle lui avoit donné les trois inſtrumens du génie: ce tact prompt & rapide de l'eſprit, qui d'un coup d'œil ſaiſit, embraſſe & rapproche les idées; l'imagination ardente, qui, comme un miroir, fait tout réfléchir & tout peindre; la ſenſibilité, tantôt douce & tendre, tantôt énergique & impétueuſe. Joignez à toutes ces qualités cette inquiétude inſurmontable d'un caractère que le ſentiment continuel de ſes forces tourmente, qui ſe nourrit de ſon ardeur, & ne peut ſe repoſer que dans l'agitation & le mouvement; alors vous verrez naître cette paſſion opiniâtre & profonde d'une ame occupée quatre-vingts ans d'étude & de travaux, & qui ne connut jamais un ſeul inſtant, ni l'épuiſement de la penſée, ni le refroidiſſement qui naît d'une longue habitude. Vous verrez naître cet amour dévorant de la gloire, cette ſoif de célébrité toujours ſatisfaite & jamais diminuée, qui, promenant des regards inquiets ſur toute l'Europe, le portoit ſans ceſſe à ſe meſurer avec tous les grands Hommes, lui faiſoit chercher des rivaux chez toutes les Nations, le mettoit en préſence de tous les ſiècles paſſés & à venir. Vous verrez cette activité toujours renaiſſante, cette économie inquiète & avare de toutes les heures, une ſorte de reſpect ſacré pour le temps, dont la plus petite portion ſe préſentoit à lui comme pouvant ajouter à ſa gloire; ſentiment qui eût rendu le génie, comme la bienfaiſance, inconſolable d'avoir perdu un jour. Il avoit donc reçu de la Nature, MESSIEURS, toutes les paſſions qui peuvent donner le plus de mouvement à l'eſprit, & prolonger ce mouvement juſqu'au plus long terme de la vie humaine. Telle a été l'influence de ſon caractère ſur ſon eſprit. C'eſt ce caractère qui l'a ſoutenu dans la lutte éternelle qui lui étoit aſſignée contre l'Envie; car à meſure que le grand Homme croît & s'élève, le ſpectre de l'Envie croît & s'élève à ſes côtés. Elle s'attache à lui, & lui dit : « Luttons enſemble ; je veux te rendre tous « les tourmens que tu me cauſes ». Grâce à l'activité & à cette ame de feu qui enflammoit M. de Voltaire, il a ſoutenu le combat juſqu'à la fin, & il eſt demeuré vainqueur.

Parmi les Hommes célèbres de toutes les Nations, il en eſt bien peu qui aient été tout ce qu'ils pouvoient être. Eſt-ce que l'homme n'auroit point aſſez l'orgueil & le ſentiment de ſa force? ou bien eſt-ce le ſceau de la foibleſſe humaine que l'ame la plus vigoureuſe eſt ſouvent obligée de s'arrêter par l'impuiſſance d'être toujours active? M. de Voltaire eſt peut-être le ſeul qui ait rempli toute l'étendue de ſon talent, & atteint, pour ainſi dire, en tout ſens, aux bornes de ſon génie. Ses délaſſemens même ont ſervi à ſa gloire; ſes repos ont été féconds. Nul homme, dans aucun ſiècle, n'a fait plus d'uſage des deux grands tréſors de l'homme, la penſée & le temps.

Il ſembleroit, MESSIEURS, que nous aurions épuiſé tous les titres de gloire de M. de Voltaire : il nous en reſte encore un, celui peut-être qui rend ſa mémoire plus chère à l'Europe; c'eſt ce ſentiment général d'humanité qui étoit dans ſon cœur, & qui a répandu un charme ſi intéreſſant & ſi doux ſur tous ſes Ouvrages. Plus la Légiſlation eſt imparfaite chez tous les Peuples, plus les liens particuliers de Patrie ſe relâchent, & plus il devient néceſſaire de rappeler ce ſentiment univerſel de bienveillance qui doit unir l'homme à l'homme, & de ſuppléer du moins aux vices ou aux erreurs des Lois par cette grande Légiſlation de la Nature, qui ſur toute la terre a voulu mettre la foibleſſe & le malheur ſous la protection de la pitié.

Entre les Écrivains, MESSIEURS, qui ont enſeigné cette partie de la morale publique, quel homme a jamais élevé une voix plus éloquente & plus forte que M. de Voltaire? Qui a verſé plus de larmes ou d'attendriſſement ou d'indignation ſur les maux du genre humain? L'humanité qui l'inſpire ſemble mettre ſous ſes yeux tous les malheurs qu'il nous retrace. On diroit qu'il écrit à la lueur des incendies & des bûchers, & qu'il entend du milieu des flammes les cris des victimes. Témoin lui-même de quelque infortune, il n'étoit pas le maître de résister à ce sentiment impérieux de la pitié : elle faisoit couler des larmes de ses yeux; elle passionnoit tous les accens de sa voix. A l'aspect de tous les malheureux, la Nature l'avoit condamné à éprouver tous les tourmens de la sensibilité. Familles innocentes, & devenues, hélas! trop célèbres, dont il a plaidé les intérêts & la cause devant le Tribunal de la France & de l'Europe, qu'il a retirées du pied des échafauds sanglans pour les conduire aux pieds du Trône, & y réclamer l'autorité sainte des Lois contre les surprises de l'erreur; augustes victimes (car vous êtes consacrées par le malheur) qu'il a dérobées à l'injustice, à l'opprobre, l'opprobre qui pour l'innocence est le plus cruel des tourmens sans en excepter la mort, vous tous infortunés qu'il a secourus par la protection puissante du génie éloquent & de la vertu active & courageuse; & vous, Habitans de cette Colonie fondée par ses bienfaits, que n'êtes-vous ici rassemblés autour de son buste que j'aperçois ! Vous lui rendriez les hommages les plus touchans : vous baigneriez tous ensemble ce buste de vos pleurs; & cette image insensible d'un grand Homme seroit mieux honorée par vos larmes, qu'elle ne l'a été encore de son vivant & après sa mort par ces guirlandes de fleurs dont elle a été couronnée sur le Théâtre au bruit de l'admiration & de la reconnoissance publiques.

Ordinairement, MESSIEURS, le génie ne règne que sur l'avenir; sa puissance est tardive; son empire lui est disputé par l'âge qui l'a vu naître. Il faut, pour dominer sur la terre, qu'il renaisse du sein de la tombe, & que la mort ait épuré tout ce qu'il avoit reçu de foible & de mortel de la Nature. M. de Voltaire fut excepté de cette loi. Vivant, il a, pour ainsi dire, assisté à son immortalité. Son siècle a acquitté d'avance la dette des siècles à venir. Sa Nation a donné l'exemple à l'Europe; l'Europe l'a rendu à sa Nation. Pour comble de gloire, il est venu, après quatre-vingts ans, recueillir dans sa Patrie des honneurs qui jamais n'ont été rendus qu'à lui; & cette fois-ci, du moins, la mort, qui étoit déjà si proche, n'a pu enlever au Tasse son triomphe.

Cet Homme illuſtre, qui avoit tant de titres à la renommée, qui attiroit ſur lui les yeux de tous les Souverains, & par ſon génie s'étoit fait une ſorte de Puiſſance de l'Europe, avoit déſiré l'honneur d'être aſſocié parmi vous, MESSIEURS. Il étoit perſuadé que votre gloire pouvoit ajouter à la ſienne, & qu'il manqueroit quelque choſe à l'éclat de ſon nom, tant qu'il ne feroit pas inſcrit ſur votre liſte parmi cette famille immortelle & cette génération ſucceſſive de grands Hommes, qui depuis ſa naiſſance ont marqué votre établiſſement. Il fut donc reçu parmi vous, MESSIEURS. Les ombres des Corneilles, des Racines, des Deſpréaux qui habitent ce Sanctuaire, reconnurent l'héritier de leur talent comme de leur gloire. La Nation put voir dans cette Aſſemblée M. de Voltaire aſſis auprès de Monteſquieu, & l'Auteur de Mahomet & de Zaïre près de l'Auteur de Rhadamiſte & d'Electre. Jour éclatant & à jamais célèbre dans vos faſtes! Magnifique adoption qui dut rappeller ces temps où, dans l'ancienne Rome, en préſence de tout le Peuple, la famille des Scipions adopta le ſang de Paul Émiles, & où des deux côtés on voyoit les triomphes s'allier avec les triomphes. Dans ce jour ſolemnel, M. de Voltaire, en échange de l'honneur qu'il reçut de vous, vous apporta le tribut de quarante ans de gloire qu'il avoit déjà acquiſe, & qui pendant trente années encore devoit s'accroître ſans ceſſe par les travaux & les ſuccès de ce génie infatigable. Cette gloire s'eſt réfléchie ſur vous toute entière, MESSIEURS. Je ne crains pas de le dire, ce grand Homme a illuſtré l'ouvrage & la fondation de Richelieu; il a payé à Louis XIV la dette de l'Académie par l'Hiſtoire de ſon ſiècle; il a été le Panégyriſte des ſuccès éclatans qui ont marqué la première partie du règne de Louis XV. Qui mieux que lui auroit célébré le Règne & le Gouvernement de Louis XVI, & cette époque à-la-fois d'humanité pour le Peuple & de grandeur pour l'Etat, où l'on voit d'un côté l'économie la plus ſévère dans l'adminiſtration des Finances, de l'autre l'uſage le plus noble des dépenſes publiques; les tréſors dérobés aux beſoins dévorans du luxe, pour être verſés dans nos Ports & ſur nos Chantiers; ces Ports, ſi long-temps déſerts, repeuplés par nos Vaiſſeaux;

l'émulation renaiſſant ſur les Mers ; & la France reprenant par degrés dans l'Europe la place que lui aſſigne ſa grandeur naturelle, place à laquelle elle ſera toujours ſûre de remonter quand elle le voudra, & que la France ſeule, pour quelques momens, peut faire perdre à la France? C'eſt à vous, Messieurs, qui tenez dans vos mains les crayons de la Poëſie & ceux de l'Hiſtoire, à peindre à la Poſtérité ces événemens & les orages de la grande révolution qui bientôt doit changer les intérêts des deux Mondes. Pour moi, j'aime à vous retracer les qualités perſonnelles de notre jeune Souverain; ce goût pour la vérité, marque d'un eſprit juſte & d'une ame droite qui ne craint pas de fixer ſes regards ſur elle-même; cet éloignement du faſte, qui eſt un garant de plus pour le bonheur du Peuple, & un engagement avec ſoi-même pour avoir une grandeur réelle, & qui tienne aux ſentimens; la ſimplicité dans les manières jointe à la franchiſe des vertus; l'auſtérité contre les vices, & l'indulgence pour les défauts; la confiance noble & tendre dans la vieilleſſe expérimentée, confiance qui honore également le Roi qui la donne & le Miniſtre qui l'inſpire; une ame enfin dont tous les premiers mouvemens ſont heureux; qui, pour faire le bien, n'a beſoin que de n'être pas contredit dans ſes déſirs; en qui juſqu'aujourd'hui on n'a pu ſurprendre aucun des défauts ni de ſon âge ni de ſon rang, & qui dans la première jeuneſſe orne la majeſté du Trône par celle des mœurs.

Vous m'entendrez avec plaiſir quand je vous parlerai d'une Reine ſenſible à tous les Arts que vous cultivez, qui a plus d'une fois honoré de ſes larmes les chef-d'œuvres du génie repréſentés devant elle, comme elle ſait en verſer à l'aſpect des malheureux qu'elle ſoulage; devenue plus chère à la France par ce gage heureux de fécondité, qui annonce encore un plus grand bonheur à la Nation, & par cette humanité ſi douce qui dernièrement a ſubſtitué des bienfaits à une vaine pompe, & n'a voulu d'autre fête dans Paris, que le ſpectacle attendriſſant de l'Hymen couronnant la jeuneſſe & l'innocence dans cent familles indigentes & honnêtes.

Mais où puis-je mieux conſacrer que dans le Sanctuaire des Lettres,

&

& en votre présence, MESSIEURS, ma reconnoissance éternelle pour le Prince qui a daigné m'attacher à lui par un titre encore plus cher pour moi que ses bienfaits? C'est à ce titre que je dois l'honneur d'avoir vu de plus près ce goût de l'occupation & de l'étude, si rare sur le premier degré du Trône, & qui remplit si bien les vuides de la grandeur; toutes les connoissances qui conviennent à un Prince, embellies de tous les agrémens naturels de l'esprit, & ces grâces du caractère auxquelles les Cours, & les François sur-tout, aiment à reconnoître les vertus. C'est lui, MESSIEURS, qui dans l'obscurité de ma retraite a daigné encourager mes foibles travaux. Son suffrage m'a enhardi à solliciter les vôtres. Le sentiment le plus doux de mon cœur est de pouvoir unir dans ce moment ce que je dois aux bontés dont ce Prince m'honore, & ce que je dois au Corps Littéraire le plus distingué de l'Europe, qui a bien voulu m'adopter. Le travail de toute ma vie, je le répète, sera de me rendre digne de ce double honneur. Pour y parvenir, j'aurai sans cesse à mes côtés l'image de l'Homme célèbre que vous regrettez, & qu'avec des crayons imparfaits j'ai tâché du moins de vous peindre. Et si je puis faire encore quelques pas dans une des carrières où il s'est couvert de tant de gloire, je lui dirai, comme un de moins dignes successeurs d'Alexandre auroit pu dire aux pieds de la statue de ce Conquérant : « O grand Homme ! la Nature veut que ton Empire soit » divisé. Il faut que la foiblesse humaine se partage le fardeau que » ta main soutenoit. Permets à un Soldat de tenter la conquête d'une » de tes Provinces, & que son nom s'ennoblisse à jamais, placé, » même dans une grande distance, à la suite du tien » !

RÉPONSE de M. l'Abbé DE RADONVILLIERS, Directeur de l'Académie Françoiſe, au Diſcours de M. DUCIS.

MONSIEUR,

DEPUIS long-temps il ſuffiſoit dans nos Aſſemblées de nommer M. de Voltaire, pour réveiller l'attention, la fixer ſur lui, & la détourner de tout autre objet. Cet hommage rendu ſouvent à ſa perſonne pendant qu'il a vécu, il eſt encore plus honnête de le rendre à ſa mémoire. Je me propoſe donc de conſacrer mon Diſcours à l'éloge de ſes talens, non que je me diſſimule la difficulté du ſujet, ou que je me flatte de pouvoir la vaincre : mais je ne veux pas tromper l'attente du Public, qui, ſur le nom de M. de Voltaire, s'eſt raſſemblé aujourd'hui avec tant d'empreſſement. J'ai quelque droit d'ailleurs à l'indulgence de ceux qui m'écoutent. Ils ſavent que ſi je porte la parole, ce n'eſt pas une fonction que j'aie choiſie ou déſirée. J'obéis à nos uſages, en regrettant que le ſort n'ait pas mieux ſervi M. de Voltaire, l'Académie & le Public.

C'eſt à vous, MONSIEUR, qu'il convenoit de célébrer des talens qui ne vous ſont pas étrangers ; je parle de ceux qu'exige l'Art dramatique, conſidéré comme une portion eſſentielle des Belles-Lettres. Vous marchez dans cette brillante carrière ſur les traces de votre illuſtre Prédéceſſeur ; à ſon exemple, vous faites mouvoir, avec une égale habileté, les deux puiſſans reſſorts de la Tragédie. Vos premiers Ouvrages, en excitant une vive terreur, ont poſé les fondemens de votre réputation, & votre Œdipe y a mis le comble, en inſpirant une douce pitié. Dites-nous par quel art vous ſavez ſi bien vous inſinuer dans les cœurs, & en diriger les mouvemens. C'eſt un ſecret que vous vous cachez à vous-même : mais je dois le publier pour l'inſtruction des jeunes Poëtes. Qu'ils s'étudient à n'avoir que des ſentimens honnêtes, qu'ils ſe pénètrent d'amour pour la vertu, d'horreur pour le vice, & qu'ils faſſent parler Œdipe, Admète, Antigone; ils mettront dans la bouche de ces Héros les mêmes diſcours qui, dans votre Tragédie, produiſent de ſi grands effets. Pour les bontés du Prince auquel vous êtes attaché, je ne vous demande pas par quelles intrigues vous les avez obtenues ; perſonne n'ignore que les ſeules qui réuſſiſſent auprès de lui ſont les talens & les vertus. Des mœurs ſimples & reſpectables, un caractère liant, un commerce doux dans la ſociété, vous ont fait des amis qui ſe ſont intéreſſés en votre faveur. Le Public même s'eſt déclaré pour vous par des applaudiſſemens ſoutenus : ſon ſuffrage a déterminé le nôtre.

Vous devez, MONSIEUR, en être d'autant plus flatté, que vous ne ſuccédez point à un ſimple Citoyen de la République des Lettres, mais au Chef même de la Littérature. Si M. de Voltaire n'en avoit pas le titre, il en avoit les honneurs : les Gens de Lettres de ſes amis les lui accordoient volontiers; & ſes ennemis, las de combattre l'opinion publique, n'oſoient plus les lui conteſter.

Heureux ſi, tenant dans le ſiècle de Louis XV la place des beaux Génies qui ont illuſtré le ſiècle de Louis XIV, il eût conſervé leurs principes & imité leur exemple! Corneille, Racine, Deſpréaux, ſatisfaits de l'honneur légitime que procurent les talens, dédaignèrent cette triſte célébrité qui s'acquiert malheureuſement par l'audace & par la licence; ils abandonnoient aux Ecrivains ſans génie ces reſſources déplorables. Pourquoi M. de Voltaire a-t-il paru ne les pas croire indignes de lui? Eſpérons que bientôt une main amie, en retranchant des Ecrits publiés ſous ſon nom tout ce qui bleſſe la Religion, les mœurs & les Lois, effacera la tache qui terniroit ſa gloire. Alors, au lieu d'une Collection trop volumineuſe, nous aurons un Recueil d'Œuvres choiſies, dont la ſageſſe pourra faire uſage ſans inquiétude & ſans danger. C'eſt dans ce Recueil uniquement que je puiſerai la matière de ſon Eloge ; elle eſt ſi abondante, qu'on me pardonnera si, dans les bornes qui me sont prescrites, je ne fais que l'effleurer.

J'ouvre ses Œuvres poëtiques, & je contemple d'abord la Henriade comme un monument élevé à la gloire de la Nation. Nous avions, dans presque tous les genres, des rivaux à opposer, sinon aux Anciens, du moins aux Peuples modernes qui cultivent les Beaux-Arts; l'Epopée nous manquoit. Le sentiment de ses propres forces, peut-être aussi l'audace d'un âge confiant, poussa le jeune Voltaire dans cette périlleuse carrière, & le Parnasse François eut enfin le premier, & jusqu'ici le seul Poëme épique dont il puisse décorer ses fastes. Je sais que la critique y a cherché des défauts, & qu'elle en a trouvés : mais je sais aussi que les beautés s'y présentent en foule sans qu'il soit besoin de les chercher.

Nous n'entrerons point dans le détail des autres Poësies de M. de Voltaire. Que pourrois-je ajouter, MONSIEUR, au caractère que vous en avez tracé avec tant de justesse? Contentons-nous de jeter un coup d'œil rapide sur le nombre, l'étendue & la perfection de ses talens. Il a parcouru toutes les routes du Parnasse, & moissonné par-tout des lauriers; il a varié le ton de ses chants depuis l'Epopée jusqu'aux Pièces fugitives & aux simples badinages de société. A peine il étoit entré dans la lice poëtique, déjà il devançoit tous ses Concurrens; déjà sa noble émulation ne voyoit plus d'autres objets dignes de l'enflammer, que deux illustres rivaux, Rousseau & Crébillon. Rousseau, porté sur les aîles du Génie, s'élevoit au faîte du genre lyrique; Crébillon, se renfermant, pour ainsi dire, dans les antres noirs de la mélancolie, enseignoit à Melpomène de nouveaux secrets pour redoubler la terreur. Nous ne comparerons point M. de Voltaire à l'Auteur sublime des Odes sacrées & des Cantates; la carrière où ils ont couru n'est pas la même. Il n'a pas craint de mesurer ses forces avec Crébillon, & de lutter corps à corps. L'Auteur de Rhadamiste & Zénobie ne fut point ébranlé : mais l'Auteur de Catilina ne put résister à un Athlète plus jeune & plus vigoureux. Oserois-je dire que dans notre siècle Rousseau a tenu le Sceptre poëtique, sans avoir de rival à redouter; qu'après lui Crébillon y porta la main, & le tenoit avec gloire, lorſque Voltaire le ſaiſit d'une main plus ferme, & le tint avec plus de gloire encore? Quel eſt l'heureux Succeſſeur auquel il l'a remis en mourant? Le ſiècle prochain le nommera.

Ce ſeroit peu pour un Poëte d'avoir joui pendant ſa vie d'une grande réputation, s'il ne la tranſmettoit avec ſon nom & ſes Ouvrages aux temps les plus reculés. Il eſt plus d'un exemple de ces Princes de la Littérature dégradés après leur mort, dont les Ouvrages ſont tombés dans le mépris, & dont peut-être les noms même ſeront inconnus à la Poſtérité. La mémoire de M. de Voltaire n'a pas à craindre un retour ſi funeſte, elle ne s'obſcurcira jamais; outre l'éclat dont elle brille en ce moment, nous avons un indice certain de ſa durée.

Lorſque la Nature deſtine un Poëte à l'immortalité, parmi les belles qualités dont elle ſe plaît à l'enrichir, elle en choiſit une qu'elle ſemble préparer avec plus de ſoin, & qu'elle répand dans ſon ame d'un main plus libérale. Ainſi elle doua Homère du génie de l'invention: perſonne ne l'égala jamais pour l'abondance & la variété des idées. Ainſi elle doua Virgile d'un jugement exquis: perſonne ne ſut jamais, comme lui, dire toujours ce qu'il convient, & ne rien dire de plus. Rappellez-vous tous les Poëtes qui jouiſſent de l'immortalité, il n'en eſt aucun que vous ne reconnoiſſiez ſur le champ à cette qualité dominante qui fait ſon caractère diſtinctif, & pour ainſi dire ſa phyſionomie. Pour ne point ſortir de notre Nation, vante-t-on dans un Poëte la vigueur de l'ame, les ſentimens ſublimes? c'eſt Corneille: la ſenſibilité du cœur, le ſtyle tendre & harmonieux? c'eſt Racine: la molle facilité, la négligence aimable? c'eſt La Fontaine: la raiſon parée des ornemens de la Poëſie? c'eſt Deſpréaux: la verve, l'enthouſiaſme? c'eſt Rouſſeau: les crayons noirs, les peintures effrayantes? c'eſt Crébillon: le coloris qui donne aux penſées, aux ſentimens, aux images, un éclat éblouiſſant? c'eſt Voltaire. Il a traité en vers toutes ſortes de ſujets. Vous admirez dans les uns des penſées nobles & élevées, dans les autres, des penſées fines & délicates; tantôt le feu du génie, tantôt la chaleur du ſentiment ; enfin, toutes les beautés qui ſont aimer les bons vers. C'eſt par-là qu'il eſt Poëte : mais par-tout, & quel que ſoit ſon ſujet, vous admirez la couleur brillante dans laquelle il trempe ſon pinceau ; c'eſt par-là qu'il eſt Voltaire. Cette magie d'un ſtyle pur, clair, étincelant, eſt le don propre qu'il a reçu de la Nature, le trait qui le caractériſe, l'augure de ſon immortalité.

Quittons la Poëſie, & ſuivons M. de Voltaire dans l'autre partie du monde Littéraire. Là, je le vois occuper une place diſtinguée parmi les Ecrivains en proſe. J'évite toute exagération, peut-être même j'en dis trop peu, & je ſerois autoriſé, en faiſant ſon Eloge, à le mettre le premier des Ecrivains de ſon ſiècle ? En eſt-il dont les Ouvrages fuſſent attendus avec autant d'impatience, débités avec autant de promptitude, multipliés ſous autant de formes, lus avec autant d'avidité ? Cette vogue ſi conſtamment ſoutenue n'a rien de ſurprenant. Les Ouvrages de M. de Voltaire, ſoit par une rencontre heureuſe, ſoit par une combinaiſon habilement réfléchie, ſont exactement ce qu'ils devoient être pour flatter le goût de ſon temps. L'envie de s'inſtruire eſt répandue aujourd'hui parmi les gens du monde, la lecture eſt devenue un beſoin pour eux. Mais le plaiſir eſt toujours reſté le premier de leurs beſoins. Un Livre purement frivole ne flatte point aſſez leur amour-propre ; ils veulent enrichir leur eſprit, & cependant ne ſe donner aucune peine. Les Ecrits de M. de Voltaire offrent des richeſſes dont l'acquiſition eſt facile & agréable. La réputation de l'Auteur vous invite, un ſtyle ſéduiſant vous entraîne, les heures s'écoulent inſenſiblement, ſans fatigue & ſans ennui, & vous recueillez pour fruits de cette douce occupation, mille traits pétillans d'eſprit, des anecdotes curieuſes, des réflexions piquantes, des maximes utiles d'indulgence mutuelle, de généroſité, de bienfaiſance, & des autres vertus humaines qui embelliſſent le commerce de la vie. Le ſoin continuel de mêler l'utilité à l'agrément, le badinage à la morale, eſt un des ſecrets de M. de Voltaire, & peut-être la ſource principale de ſes grands ſuccès ? Eſt-ce la Nature qui lui avoit enſeigné ce ſecret ? ou l'avoit-il découvert par ſon travail ? Sans doute il apporta en naiſſant les qualités les plus rares : mais ne penſez pas qu'il ait abandonné le ſoin de ſa gloire à ſes talents naturels; il ne ſe laſſa jamais de les polir & de les perfectionner. L'amour de l'étude n'étoit point en lui un goût ſeulement; mais une paſſion ardente, que les glaces même de la vieilleſſe n'ont pu éteindre. Elle ſubjuguoit toutes ſes autres affections, émouſſoit les pointes de la douleur, ranimoit la langueur des infirmités, rempliſſoit les journées, & ſuppléoit au repos des nuits.

Une application ſi conſtante & des lectures immenſes avoient fourni à M. de Voltaire un amas prodigieux de connoiſſances en tout genre. Il ſavoit bien en faire uſage, & les agrémens de ſon ſtyle les faiſoit paroître dans le jour le plus avantageux. A-t-il donc prétendu à la monarchie univerſelle dans les Sciences? Se ſeroit-il laiſſé éblouir par cette brillante chimère? Ses ennemis le lui ont reproché: mais le reproche eſt injuſte, & je n'ai beſoin pour le réfuter que de ſa propre conduite. Lorſqu'il s'agiſſoit de la belle Littérature ancienne ou moderne, nationale ou étrangère, il diſcutoit ſérieuſement le point conteſté, approfondiſſoit la matière, & appuyoit ſon opinion ſur les vrais principes. Pour les queſtions d'un autre genre, il défendoit ſon ſentiment, moins par des diſcuſſions profondes & des recherches ſavantes, que par des bons mots & des traits plaiſans. Dans cette eſpèce de guerre, après une courte excurſion, il ſe retiroit ſur ſon terrain, où il faut convenir qu'il combattoit avec un grand avantage.

Admis dès ſa jeuneſſe, recherché même avec empreſſement dans les ſociétés les plus polies du grand monde, il s'y étoit formé à badiner avec grâce ſur toutes ſortes de ſujets. Cet art élégant, plus commun chez les François que chez les autres Peuples, M. de Voltaire l'a poſſédé dans le plus haut point de ſa perfection; il l'exerçoit avec une facilité & une adreſſe inimitables. Une foule de traits ingénieux & de ſaillies piquantes donnoit à ſa converſation un charme qui laiſſera un long ſouvenir; & juſqu'à ſes derniers jours, l'occaſion lui fourniſſoit encore des mots & des reparties dignes de ſon plus bel âge. Sa plume a répandu le même agrément ſur ſes compoſitions. Dans le cours d'un ſtyle toujours enjoué, toujours léger, vous rencontrez fréquemment un trait plus aiguisé, qui comme un éclair vous surprend & vous éblouit. Il règne dans tous ses Ouvrages un ton de gaieté & de plaisanterie, qui caractérise sa manière, & qui plus d'une fois a révélé le nom de l'Auteur. Je ne sais s'il a voulu imiter Lucien; mais il me semble apercevoir un rapport assez frappant entre leur façon d'écrire & de penser. L'un & l'autre répand à pleines mains, & sur tous les objets indistinctement, le sel de la satire & de l'ironie. Le Lucien moderne paroît, comme l'ancien, songer autant à se réjouir qu'à réjouir son Lecteur. Tous deux ont possédé le secret d'un vernis de ridicule presque ineffaçable, & tous deux ont essuyé quelques reproches sur l'usage de ce secret dangereux.

Je voudrois finir: mais puis-je passer sous silence la prodigieuse fécondité de M. de Voltaire? Quelle multitude d'Ouvrages, dont quelques-uns suffiroient pour faire un grand nom à un autre Ecrivain! Puis-je ne pas observer la réunion inouie des talens de la Poësie & de la Prose au point où il les a portés? Citez-moi un autre Poëte du premier ordre, qui soit connu par un corps complet de bons Ouvrages en prose? Il étoit réservé à M. de Voltaire d'établir sa réputation sur deux bases indépendantes l'une de l'autre, & toutes deux inébranlables.

Cette singularité n'est pas la seule qu'offre l'histoire de sa longue vie; la durée même de sa vie paroîtra singulière, si on se rappelle la frêle apparence de ses organes, & son tempérament tout de feu, allumé encore par des passions vives, par des travaux continuels, & par un régime extraordinaire. Une fortune honnête qu'il avoit héritée de ses pères s'étoit grossie entre ses mains jusqu'à l'opulence, espèce de prodige dans la Profession des Lettres. Cependant, je ne daignerois pas en faire la remarque, si sa générosité n'avoit rendu ses richesses aussi utiles à d'autres qu'à lui-même. La vie des Gens d'Etude est communément tranquille & uniforme; celle de M. de Voltaire fut pleine d'agitations & d'événemens variés. Il a vécu, dans sa Patrie & dans le Pays étranger, dans les Cours même des Rois. Après y avoir goûté les charmes de la faveur, & en avoir reconnu l'instabilité, il se fixa dans la retraite. Ce ne fut pas cette retraite obscure & solitaire dont parle Horace, où l'on se cache pour oublier les hommes & pour en être oublié; mais une retraite fameuse, où la Gloire & la Renommée furent ses compagnes inséparables. Habitant sa Terre qu'il fertilisoit par ses soins, au milieu des Cultivateurs & des Artisans qu'il encourageoit par ses bienfaits, entouré des personnes qui lui étoient les plus chères, & ménageant pour lui-même la meilleure partie de son temps, il jouissoit tranquillement du spectacle de la campagne, du sentiment de la bienfaisance, des plaisirs de la société & des douceurs de l'étude. Chaque jour lui apportoit les tributs de l'estime & les hommages de l'admiration. Mais tout-à-coup il abandonne le séjour paisible des Champs, pour le bruit & le tumulte de la Capitale. S'il venoit y chercher des secours contre les maux & les menaces de la vieillesse, ses vœux & les nôtres ont été malheureusement trompés: mais s'il venoit pour y jouir de sa gloire, ses vœux ont été remplis au-delà de son attente. Pouvoit il prévoir que la curiosité traîneroit le Peuple même sur ses pas? Des égards plus réfléchis & des attentions plus honorables ont dû le surprendre moins & le flatter davantage. Je puis lui appliquer ce que Tacite a dit d'Auguste: « On a renouvelé pour lui tous les honneurs accordés » à d'autres; on en a même inventé qui étoient sans exemple ».

Cependant il a manqué un jour à son triomphe, celui où il auroit paru dans une de nos Assemblées publiques. Si son image y a été reçue avec tant d'acclamations, quels transports n'y auroit pas excité sa présence.

L'Académie, par une distinction singulière & bien méritée, lui avoit déféré la place de son Directeur. Eh! plût à Dieu que la mort lui eût laissé le temps de l'occuper! plût à Dieu qu'assis parmi nous, il nous eût entretenus du Règne de notre auguste Protecteur! De quelles couleurs il auroit peint le Gouvernement doux mais ferme, paisible mais vigilant, qui a coupé la racine de nos anciennes dissentions! l'Administration habile qui a trouvé des ressources inespérées pour créer une Marine respectable, & doubler en peu de temps les forces de la Nation! la politique prévoyante, qui par une alliance contractée à propos, & noblement annoncée, enlève à nos Rivaux un grand Empire! Mais s'il eût assez vécu pour féliciter le Roi d'être Père, son amour pour le Sang de son Héros auroit rallumé dans ses veines le feu poëtique; il eût chanté, dans les transports de la commune allégresse, l'heureuse fécondité, qui, en préparant une Reine à un Trône étranger, promet aussi un Héritier au Trône de Henri IV. Ces grands sujets étoient dignes des talens de M. de Voltaire, talens uniques que je peindrai d'un dernier trait: ceux-mêmes qui en déplorent l'abus sont contraints de les admirer.

www.ingramcontent.com/pod-product-compliance
Ingram Content Group UK Ltd.
Pitfield, Milton Keynes, MK11 3LW, UK
UKHW021523260726
13993UKWH00004B/1855

9 782019 985424